OBSERVATIONS

GRAMMATICALES

SUR QUELQUES PASSAGES

DE

L'ESSAI SUR LE PALI.

OBSERVATIONS

GRAMMATICALES

SUR QUELQUES PASSAGES

DE

L'ESSAI SUR LE PALI,

DE MM. E. BURNOUF ET LASSEN;

PAR E. BURNOUF.

PARIS,

A LA LIBRAIRIE ORIENTALE DE DONDEY-DUPRÉ PÈRE ET FILS,

IMP.-LIB. ET MEMB. DE LA SOCIÉTÉ ASIATIQUE DE PARIS,

Et Lib. de la Société Royale Asiat. de la Grande-Bretagne et d'Irlande, sur le Continent,

Rue Saint-Louis, N° 46, au Marais, et rue Richelieu, N° 47 *bis*.

1827.

IMPRIMERIE DE DONDEY-DUPRÉ.

OBSERVATIONS GRAMMATICALES

SUR QUELQUES PASSAGES

DE L'ESSAI SUR LE PALI.

LES observations suivantes ont uniquement pour but de relever quelques erreurs grammaticales, qui se sont glissées dans l'ouvrage qui en fait l'objet. Les auteurs de l'*Essai sur le pali* n'avaient pas, quand ils ont rédigé leur travail, des matériaux assez nombreux pour se former une idée complète de tous les détails de la langue palie ; et de plus, les manuscrits qu'ils pouvaient consulter, offraient dans l'orthographe de plusieurs mots, et d'un certain nombre de formes grammaticales, des variantes si grandes, qu'ils n'ont pu éviter toutes les méprises qu'entraîne nécessairement l'incertitude des leçons. Les variantes que présentent les manuscrits palis venus de Siam, ne doivent pas être mises sur le compte de la langue, mais sur celui des copistes de ce pays, pour lesquels le pali n'a jamais été qu'une langue étrangère, importée au milieu d'un idiome d'un tout autre caractère, et qui avait déjà reçu, comme on pourra le démontrer plus tard, un certain degré de perfectionnement. On avait tout lieu d'espérer que les manuscrits de Ceylan, où le pali a vécu et vit encore, au moins comme langue savante, pourraient ne pas offrir ces irrégularités, et qu'ils présenteraient des modèles de l'idiome sacré des Bouddhistes, aussi purs sous le rapport de la forme, que précieux sous le point de vue beaucoup plus intéressant de la matière. J'ose assurer que la connaissance des livres nombreux que possède Ceylan ne trompera pas ces espérances. Je puis consulter en ce moment un livre fort étendu et fort curieux, contenant toute l'histoire ancienne de Ceylan, et celle du culte qui y fleurit depuis quatre siècles au moins avant notre ère, le *Mahâvamsa* (1). La lecture de ce volumineux ouvrage, que je viens de commencer, m'a donné l'occasion de reconnaître le peu de correction des manuscrits siamois, et conséquemment l'inexactitude de quelques-unes des assertions avancées, sur leur autorité, par les auteurs de l'*Essai sur le pali*. Je me propose de relever les plus importantes dans une

---

(1) Le manuscrit dont je parle ici appartient à sir Alexander Jonhston, dont le zèle et l'ardeur scientifique sont si connus de tous ceux qui font de l'Inde le sujet de leurs études. Il fait partie d'une collection fort précieuse de livres palis et singalais, dont il a fait faire la traduction par un prêtre bouddhiste très versé dans la connaissance du Pali, et dont il a confié la publication à M. Upham. Favorisée par tout ce qu'il y a de plus distingué parmi les patrons des lettres orientales en Angleterre, cette collection, grâce aux soins de M. Upham, doit paraître prochainement, et elle ne peut manquer d'intéresser vivement les personnes curieuses de recherches historiques et philosophiques. C'est dans un voyage qu'a fait M. Upham à Paris pour intéresser la Société Asiatique à son entreprise (Journal Asiat., t. IX, p. 59 et 125) qu'il a eu l'extrême complaisance de me laisser le précieux manuscrit du *Mahâvamsa*. Je suis heureux de pouvoir lui témoigner ici toute ma gratitude pour cette marque honorable de sa confiance.

suite d'observations qui n'auront d'autre ordre que celui des matières traitées dans l'*Essai*. Si le pali était plus connu, et si surtout on en possédait une grammaire, j'aurais laissé à la critique le soin de faire justice de ces erreurs. Mais comme l'*Essai* est jusqu'ici le seul ouvrage où l'on puisse se faire une idée quelconque de cette langue, il n'est pas inutile pour la philologie d'en relever les inexactitudes. On remarquera en outre que la plupart des rectifications que je propose, sur la foi du *Mahâvamsa*, tendent à prouver de plus en plus l'identité fondamentale du pali et du samscrit, proposition démontrée dans l'ouvrage que nous examinons. Ainsi les observations suivantes, tout en rectifiant quelques-unes des assertions qui y sont émises, ne font que confirmer davantage la conclusion générale qui en résulte.

Nous commencerons par quelques remarques sur les changemens des lettres. Les auteurs de l'*Essai* ont fait voir, pag. 95, que les consonnes *st*, et *sth* devenaient en pali *tth*. Ceci est vrai dans l'intérieur des mots ; mais au commencement le groupe *sth*, ou *st* est remplacé par un seul *th* : ainsi,

Pali.	*thala.*	Samscr.	स्थल	place.
	thoûpa.		स्तूप	monceau.
	thera.		स्थविर	vieillard.

Les deux derniers mots méritent quelques observations. On appelle dans le *Mahâvamsa*, *thoûpa* les édifices dans lesquels sont renfermés les os de Bouddha, pour lesquels les Bouddhistes ont, comme on sait, une vénération particulière. On peut voir dans Davis (1) la représentation d'un de ces édifices dont la forme lourde et peu élevée justifie la dénomination de *monceau, amas de pierres*, sens qui est donné par l'Amaracocha à *sthoûpa.* Ils sont connus chez les voyageurs sous le nom de *dagobah* ou *dagob*. Ce mot me semble dériver de *dhâtougabbha* (en samscrit *dhâtougarbha*), « récipient des os » que l'on trouve fréquemment employé comme synonyme de *thoûpa.* Cela vient de l'usage auquel on emploie ces édifices, et de ce que le mot *dhâtou* veut dire dans le style bouddhique, au moins dans un grand nombre de passages, *os*. On rencontre en effet souvent dans le *Mahâvamsa*, le mot composé *sarîradhâtou*, élément du corps, dont *dhâtou* n'est qu'un abrégé.

Le sens propre de *thero* est *vieillard*, et je le dérive du samscrit *sthavira*, quoiqu'il paraisse au premier coup d'œil en être assez éloigné. Voici mes raisons. D'abord ce mot *thero* est dans le *Mahâvamsa* appliqué invariablement aux rois, aux prêtres, à leur chef, aux mendians, pour lesquels on a le plus de respect. Ensuite ce mot se trouve dans un ouvrage dont on ne peut récuser l'autorité, le vocabulaire pali, appelé *Abhidhânappadîpika*, ou « illustration des mots » dont M. Abel-Rémusat vient de faire l'acquisition pour le cabinet des manuscrits de la Bibliothèque Royale.

---

(1) Travel to Ceylon, pag. 221.

Le vers où il est cité comme synonyme du mot *vieux*, se trouve, *naravagga*, ou section de l'homme, sl. 25.

Mahallako tcha vouddho tcha thero djîno tcha djinnako; ce qui, en samscrit, s'écrirait :

मह्ललकः वृद्धः स्थविरः जीनः जीर्णः

Cette comparaison prouve que *thero* ne peut avoir en samscrit d'autre correspondant que *sthavira*. J'ai cru cependant pouvoir, sans trop d'inexactitude, le traduire par *chef*.

Page 94. Les auteurs de l'*Essai* ont constaté par de nombreux exemples que la semi-voyelle *y*, précédée de certaines consonnes, telles que les dentales, formait un groupe qui se changeait en la palatale correspondante, et qu'ainsi *tya* devenait *tcha* et *dya*, *dja;* mais ils n'ont pas eu occasion de constater un changement beaucoup plus difficile à reconnaître, celui du groupe *tya* ou *da* cérébral. Un grand nombre de mots extraits de *Mahâvamsa* offrent des exemples de cette altération remarquable.

Pali.	*amaḍo.*	Samscr.	आमात्यः	conseiller.
	niḍam.		नित्यं	toujours.
	naḍam.		नृत्यं	danse.
	paḍouso.		प्रत्यूषः	aurore.
	pariḍâgo.		परित्यागः	abandonnement.
	sakkaḍam.		सत्कृत्यं	bonne action.

Pali. *mado.*	Samscr. मृत्यः	mortel.
adayo.	अत्ययः	fin.
âdido.	आदित्यः	soleil.

Quelques citations du vocabulaire pali, nommé plus haut, prouveront l'identité de la plupart de ces mots avec les termes samscrits correspondans. Ainsi le mot *mado* est si altéré, qu'on pourrait n'y reconnaître que difficilement le samscrit *mrityah;* mais cette identité est démontrée par l'*Abhidhânappadîpika,* où l'on voit, sect. de l'homme, sl. 1.

Manousso manouso mado mânavo manoudjo naro

De même *adayo* est donné comme le synonyme de *maranam, mort* dans le même ouvrage, *tchatoubbannavagga,* sect. des quatre classes, sl. 69.

Maranam kâlakiriyâ palayo matchtchhou tchâdayo, en samscrit, on aurait मरणं कालक्रिया प्रलयः मृत्युः च अत्ययः ॥

âdido est également donné comme synonyme de mots désignant le soleil, dans l'*Abhidhânappadîpika*, *saggakanda*, sect. du ciel, sl. 59.

âdido souriyo soûro sataramsi divâkaro, en samscrit आदित्यः सूर्य्यः सूरः शतरश्मी दिवाकरः ॥

Il doit résulter des exemples que je viens de citer, que le mot *ideva,* que l'on rencontre fréquemment dans le *Mahâvamsa* doit être en samscrit इत्येव (*sic quoque*), composé de *iti* et de *eva*. En voici un exemple dans ce vers du *Mahâvamsa,* (Sect. XXVIII, 5.)

Ouppâdessâmi idevam tchintayantassa tchintitam.
Indicabo ecce, sic cogitantis cogitatio.

De plus, Sect. XXXI, 31.

Idevam samghavatchanam soutvâ.
Ecce sic concilii vocem audiens.

Pages 84 et 85 de l'*Essai sur le pâli,* on a remarqué comme une particularité de cette langue, qu'elle abrégeait les voyelles de certains mots samscrits. Vingt exemples pris dans les manuscrits palis-siamois, appuient cette proposition. Cependant, si l'on en croyait l'orthographe du *Mahâvamsa*, il faudrait retrancher de ce nombre les trois mots *moûla*, racine ; *tâpasa*, pénitent, et *sarîra*, corps. *Moûla*, écrit par un *ou* bref dans l'*Essai,* doit l'être avec un *oû* long, comme en samscrit, d'après ces exemples du *Mahâvamsa.*

Magadhesou ourouvelâyam bouddhimoûle mahâmounî

Visâkhapounnamâsam so patto sambodhim outtamam (*Mah. vam.* sect. I, 12.)

« Le grand mouni (Bouddha), à la fin du mois vi-
» sâkha, obtint la suprême intelligence, dans le pays
» de Magadha, au lieu d'*Ourouvelâ*, siége de la science. »

La traduction française ne rend qu'imparfaitement le sens du pali. Par *sambodhim* il faut entendre la qualité de *Bouddha*, ou plutôt de *Sambouddha*, terme qui désigne, dans le *Mahâvamsa,* l'état auquel arrivent après leur mort les représentans et successeurs humains du fondateur du Bouddhisme.

Paribbâdjakavesena roukkhamoûlam oupâvisi (*Mah. vam.*, VII, 6), « sous l'habit d'un mendiant, il entra dans la hutte. » *Roukkhamoûla*, littéralement *racine d'arbre*, est le nom qu'on donne aux huttes dans lesquelles les prêtres bouddhistes sont tenus d'habiter, ainsi qu'on peut le voir dans le *Kammouva* (1). Voyez encore sur l'orthographe de *moûla*, sect. XVII, 17; XVIII, 44; XIX, 10; XXV, 49.

Tâpasah, pénitent, est écrit *tapasso* dans l'*Essai sur le pali*; le *Mahâvamsa* suit l'orthographe samscrite, *tâpasânam anekesam assamo âsi* (*Mah. vam.* sect. X, 93), « c'était un asile de plusieurs pénitens. »

Quant à *sarîra*, corps, on avait remarqué, p. 80, qu'il n'existait pas de raison pour que l'*i* fût abrégé. Le *Mahâvamsa* écrit constamment comme le samscrit *sarîra*, ainsi qu'on peut le voir, *Mah. vam.* sect. III, 5; V. 216; XVII, 12, 65; XX, 44; XXII, 40; XXIII, 40; XXIV, 14; XXV, 49; XXXIII, 58.

P. 208, les auteurs ont écrit, sur la foi du manuscrit Pali-barman du *Kammouva*, *tchivaram*, vêtement des prêtres bouddhistes, avec un *i* bref, tandis qu'en samscrit il est long. Le *Mahâvamsa* suit l'orthographe indienne, ainsi qu'on peut le voir sect. XXII, 67; XXIV, 42; XXXII, 35; XXXIII, 26.

Une rectification plus importante est celle qui porte sur le septième cas du pronom *tad*. Les auteurs ont dit qu'il était *tasmi*, pour le samscrit *tasmin* : ceci est une erreur. Le septième cas est invariablement *tasmim*,

---

(1) Asiat. Researck., t. VI, p. 286, ed. Lond. 4°.

par le changement du *n* en *m*, changement dont le pali offre encore d'autres exemples. L'erréur vient de ce que, dans les manuscrits palis-siamois, l'*anousvâra* n'est que très-légèrement indiqué, souvent même totalement supprimé. Cette correction porte également sur toutes les finales des noms en *a*, et très-probablement aussi des noms en *i* et en *ou*. En voici quelques exemples :

Tasmim samâgame (sect. I, 31), « dans cette as» semblée. »

Tasmim mate (sect. VIII, 4), « lui mort. »

Tasmim matasmim manoudjâdhipasmim (sect. IX, 29) « ce prince étant mort. »

Tasmim sîhapoure tassa sîhabâhoussa râdjino (section VIII, 6), « dans cette ville de *Sîhapoura*, appartenant au roi *Sîhabâhou*. » *Sîha* est l'altération du samscrit *sinha*, lion.

Tasmim khane râdjagehe djâto hoti koumârako (sect. XII, 46), « dans ce moment, dans le palais du roi, est né un jeune enfant. »

Tasmim dine mahârâdjâ sabbâlamkârabhoûsito (sect. V, 181), « dans ce jour le grand roi fut décoré de tous ses ornemens. »

Les auteurs de l'*Essai* (p. 108) ont parlé de l'altération que subit cette désinence *asmim*, dont le *m* final se retranche, le *s* se change en *h* et se déplace, d'où l'on a *amhi*. Ce fait est une des nombreuses preuves de la postériorité du pali à l'égard du samscrit. Car la lettre *s*, qui tient quelque chose de l'aspiration, tend à la longue à se changer en *h*. Un grand nombre de mots passés du samscrit dans les langues européennes pourraient être cités à l'appui de ce fait. Ce changement s'étend, suivant l'*Essai* (p. 96), à plusieurs mots samscrits où la sifflante est suivie d'une consonne, et ne paraît pas s'appliquer à d'autre désinence grammaticale que *asmim*. Cependant il a lieu aussi, quoique plus rarement peut-être, pour le pronom *tasmâ* pour *tasmât*, et en général pour la terminaison *asmât*, qui sert en pali à l'ablatif. Ainsi dans le *Mahâvamsa* on lit, fol. 84, r°: *tamhâ orouyha selamhâ*, « étant descendu de cette montagne. » Et section XV, 43 :

Tam khanam yeva bîdjamhâ tamhâ nikkhamma ankouro, « en ce moment il sortit un rejeton de cette ra-
» cine. »

Tchoûlâmanitchetiyamhâ gahetvâ (sect. XVII, 20), « ayant pris le joyau de la statue de Bouddha. »

Ce pronom *asmât*, qui, devenant en pali *amhâ*, sert de désinence à l'ablatif, nous conduit à une observation propre à jeter quelque jour sur la plus ancienne forme de la déclinaison samscrite des noms. En effet, si nous résumons les désinences diverses qu'on rencontre dans l'*Essai sur le pali*, et dont on peut retrouver en samscrit le type primitif, nous aurons une déclinaison un peu différente de celle que présente le samscrit classique. Prenons pour exemple le mot *deva*; nous le donnerons tel qu'il est en pali, en même tems tel qu'on devrait le retrouver en samscrit; enfin comme on le rencontre dans les textes indiens.

	Pali.		Samscrit.
	1.	2.	3.
Sing.	N. *dev-o.*	*dev-as.*	*dev-as, ah, o.*
	A. *dev-am.*	*dev-am.*	*dev-am.*
	I. *dev-ena.*	*dev-ena.*	*dev-ena.*
	D. *dev-âya.*	*dev-âya.*	*dev-âya.*
	A. *dev-amhâ.*	*dev-asmât.*	*dev-ât.*
	G. *dev-assa.*	*dev-asya.*	*dev-asya.*
	L. *dev-amhi.*	*dev-asmim.*	*dev-e.*
Plur.	N. *dev-â.*	*dev-âs.*	*dev-âs, âh.*
	A. *dev-â.*	*dev-ân.*	*dev-ân.*
	I. *dev-ehi.*	*dev-ebhis.*	*dev-eis.*
	D. A. ?	*dev-ebhyas.*	*dev-ebhyas.*
	G. *dev-ânam.*	*dev-ânâm.*	*dev-ânâm.*
	L. *dev-esou.*	*dev-echou.*	*dev-echou.*

En jetant les yeux sur la seconde colonne de ce tableau, qui contient la forme samscrite de la déclinaison palie, on ne peut s'empêcher de remarquer que la plupart des cas qui la composent, sont formés du radical *dev*, et des cas du pronom *idam, ce*. Il en est quelques-uns qui sont identiquement les mêmes que les cas correspondans de *idam;* ce sont au singulier *asmât*, *asya* et *asmim* pour *asmin;* au pluriel *ebhis*, *ebhyas*, *echou*. Une analyse exacte pourrait probablement retrouver la même identité pour les autres cas. Il est toujours certain que la moitié au moins des formes des noms en *a* sont composées du radical, auquel se joint le pronom indicatif qui sert de désinence, composition extrêmement philosophique, en même tems qu'elle paraît très-naturelle. Mais est-elle primitive? laquelle de la déclinaison actuelle du samscrit, où on rencontre à peine quelques traces du pronom, ou de la déclinaison du pali, telle qu'on peut la recomposer en samscrit, doit être considérée comme antérieure à l'autre? D'une part, en effet, celle-ci peut paraître à quelques personnes un commencement de déclinaison analytique, et conséquemment être regardée comme plus moderne. Mais s'il m'est permis de hasarder une opinion, je dirai que la simplicité, et en même tems la justesse qu'on remarque dans cette formation de la déclinaison, en font quelque chose de primitif, et qui rentre bien dans l'ensemble de la grammaire samscrite si ingénieusement composée. De plus, en étudiant la déclinaison actuelle, on peut se convaincre que, quelques-unes des désinences sont des altérations du pronom conservé presqu'entier dans le pali. Ainsi l'ablatif en *ât* me semble un débris de la terminaison *asmât*, et même le locatif en *e*, quoique fort éloigné de *asmin*, conserve une lettre de cette désinence, l'*i* que M. Bopp a fort bien montré être la caractéristique du locatif, et qui ne devient *e* que par sa fusion avec l'*a* de *deva*.

De là il ne résulte cependant pas que le pali soit plus ancien que le samscrit. Il a conservé, il est vrai, une forme primitive; mais cette forme est elle-même altérée suivant des lois constatées d'ailleurs. Ce fait me semble s'expliquer facilement. Le samscrit, en se perfectionnant, a pu altérer la déclinaison primitive, tandis que, tombant dans les dialectes populaires du milieu desquels s'est élevé le pali, cette déclinaison a pu subsister longtems, et y subir des altérations nouvelles. En résumé, nous pensons que la comparaison du pali avec le samscrit sur ce point de grammaire, doit éclaircir la formation des déclinaisons, qui se trouvent ainsi composées d'un radical désignant un objet avec le pronom indicatif, comme la conjugaison des verbes l'est d'un radical désignant une action ou un état avec les pronoms personnels.

Une des parties de la grammaire que les auteurs, faute de matériaux, ont été forcés de laisser le plus incomplète, est celle qui est relative au parfait, ou plus généralement aux tems passés. Il leur semblait qu'il n'en existait qu'un en pali, répondant à l'aoriste samscrit, et en général fort simple dans sa formation. Sans prétendre donner ici la théorie complète des tems du passé, je puis ajouter quelques observations à celles de l'*Essai*.

Le passé en pali a plusieurs formes (*Essai*, p. 127); la première consiste à faire suivre le radical, dont la dernière voyelle est en général allongée, des terminaisons *si* pour le singulier, et *soum* pour le pluriel. Les auteurs de l'*Essai* ont remarqué que cette forme répondait exactement au samscrit *sim, sîs, sît* (avec ses variétés); et que la troisième personne n'en différait que par la suppression de la consonne finale, et l'abrègement de la voyelle. J'ai remarqué l'exactitude de cette observation dans le plus grand nombre de cas; mais il y a lieu de douter, d'après quelques exemples du *Mahâvamsa*, que l'abrègement de la voyelle soit toujours forcé. Ainsi, sect. V, 270, on lit, à la fin de la première partie du sloka : *Nagaram pavisî soubham*, « il entra dans la belle ville, » de même, sect. XVII, 38, *sâmado pavisî pouram*, « il entra dans la ville avec ses ministres ; » et sect. XXIII, 83, *sakkâram kârayî tadâ*, « il lui rendit les devoirs de l'hospitalité. » Ici l'allongement de la voyelle ne peut être attribué à une erreur du copiste, car la mesure du vers exige impérieusement que la syllabe *sî* soit longue. Le nombre des exemples où l'*i* est allongé est trop considérable pour que je les donne tous ici. Je citerai seulement l'aoriste de la racine *krî*, répandre, qui est invariablement écrit *kirî*, avec un *î* long, dans ces exemples :

Mahindatherassa kare dakkhinodakam âkirî (sect. XV, 25), « il répandit l'eau de l'offrande sur les » mains de *Mahindathera.* »

Tattha kâneva poupphâni tasmim thâne samokirî (sect. XV, 36), « quelles fleurs répandit-il alors dans » ce lieu? »

A cette forme paraît, au premier coup-d'œil, s'en rattacher une seconde, qui a échappé aux auteurs de l'*Essai*. Elle est d'une extrême simplicité, et paraît en usage pour les racines monosyllabiques, comme *dâ*, *kri*, *bhoû*. Ainsi *adâ*, il donna ; *akâ*, il fit ; *ahoû*, il fut, dans ces exemples :

Ahoû imasmim kappasmim tchatouttham gotamo djino (sect. XV, 211), « dans cette période (*kalpa*), » le quatrième Bouddha fut Gotama. »

Imamhi kappe pathamum kakousandho djino ahoû (sect. XV, 57), « dans cette période, le premier Boud- » dha fut *Kakousandha.* »

Quoiqu'il semble naturel de dériver cette forme de la précédente, par la suppression de la syllabe *sí*, cependant l'analogie de ces tems palis avec *adât* et *abhoût*, met sur la voie de leur origine. Ils la doivent à la suppression de la consonne finale. Quant à la racine *kri*, le *ri* est changé en *a*, suivant l'usage du pali, et cet *a* est allongé. On a un exemple de cet allongement dans les formes *akâsi*, samscrit *akârchît*, il fit; *kârapesi* (sect. V, 93), il fit faire : *kâresi*, autre forme du causatif, plus commune que la précédente, et qu'il faut écrire avec un *á* long, quoique les auteurs de l'*Essai* (p. 135) lisent *karesi*; enfin, dans la forme *akârayi*, indiquant que la racine *kri* suit le thème de la dixième conjugaison samscrite. Le pali, dans l'allongement de la voyelle *ri* en *âr* (*vriddhi* de *ri*, suivant la théorie indienne), suit l'analogie du samscrit. Je n'ai pu trouver pour le pluriel que *adoum*, ils donnèrent. *Akaroum*, que l'on rencontre quelquefois, est peut-être le pluriel de *akâ*; mais l'analogie semble demander *akoum*.

Il paraît que des racines, autres que celles dont nous venons de parler, prennent cette désinence *á*. Ainsi *gam*, aller, fait *agá* dans les exemples suivans :

Sakesaram sîhasîsam âdâya so pouram agá (sect. VI, 31), « ayant saisi la tête du lion par la crinière, » il alla dans la ville. »

Samghena nabham ouggantvâ djamboudîpam djino agá (sect. XV, 211), « étant monté dans les airs avec » sa troupe, Bouddha alla dans le Djamboudvîpa. »

Tato koumbalavaram tam mahâdîpam tato agá

(sect. XV, 251), « alors il alla dans la grande île de » Koumbalavara. »

Si *akaroum* est le pluriel de *akâ*, *agamoum* doit être celui de *agâ*, et *nikkamoum*, ils marchèrent, rapproché de cette forme, nous apprend que la racine monosyllabique *kram* suit aussi ce thème. On y voit encore que la lettre du radical reparaît au pluriel devant la terminaison *oum*.

Le pali *agâ* me paraît difficile à expliquer par le samscrit *agamat*; il n'en est pas de même de la forme nouvelle, et, à ce qu'il me paraît, assez rare, *agamâ* dans le vers suivant :

Nâtinam sangaham katoum agamâ dakkhinâgirim (sect. XIII, 5), « il alla vers la montagne du sud pour » réunir une assemblée de savans. »

Agamâ s'explique comme *adâ* et *ahoû*, par la suppression du *t* final : je ne sais quel en est le pluriel. Il n'est cependant pas impossible que ce soit *agamoum* que je viens d'attribuer, peut-être à tort, à la forme *agâ*. Il faut sans doute encore rapprocher du samscrit *agamat* la forme *âgamma*, dont on trouve quelques exemples; ainsi, *âgamma tchetiyagirim* (sect. XVII, 21), « il alla vers la montagne de la statue de » Bouddha. »

Tam khanam yeva âgamna dhammasokassa santikam (sect. XVII, 16), « dans cet instant il vint en » présence de *Dhammasoka*. »

Le second thème, suivant les auteurs de l'*Essai*, consiste à faire suivre de *i* pour le singulier, et de *soum* pour le pluriel, le radical non précédé d'augment. Les exemples qu'ils allèguent prouvent cette proposition, mais j'en trouve dans le *Mahâvamsa* qui la contredisent. Ainsi il n'est pas rare de voir des troisièmes personnes formées autrement que par l'addition de *soum* ; par exemple, la racine *bhâch*, qui fait *abhâsi* et *abhâsiyoum*, ils parlèrent.

Pitouno vatchanam soutvâ pitaram te abhâsiyoum (sect. V, 196), « ayant entendu le discours de leur » père, ils lui parlèrent ainsi. »

On voit de plus que cette forme est susceptible de recevoir l'augment. De même *poutchtchhi*, il demanda, est donné dans l'*Essai* sans augment; il le porte cependant dans cet exemple du *Mahâvamsa* : *Thero dhammam apoutchtchhi so* (sect. III, 33), « ce chef de» manda la loi. » *Bhoûmipâlo apoutchtchhi tam* (s. XV, 26), « le roi l'interrogea. » *Kim pamânannou karomîti apoutchtchhi tam* (sect. XVIII, 25), « quelle preuve » donnerai-je? demanda-t-il. » Quant à la terminaison du pluriel *abhâsiyoum*, on remarquera que *oum* est la vraie désinence du pluriel, qui jointe à l'*i* du singulier fait *youm*, devant lequel on insère un *i*, suivant l'analogie du pali (*Essai*, p. 93 et 94). On en trouve encore un exemple dans le pluriel *anousâsiyoum*, ils ordonnèrent. Si les formes *otari*, *otaroum*, du verbe *trî*, avec la proposition *ava*, traverser; *visi*, *visoum*, de *vish*, pénétrer, doivent rentrer dans ce thème, elles prouvent que la troisième du pluriel est indifféremment *isoum*, *iyoum* et *oum*. Une autre forme de l'aoriste, oubliée par les auteurs de l'*Essai*, se trouve dans le mot *avotcha*, correspondant évidemment à l'aoriste irrégulier *avochat* :

Sakkam tattha samîpattham avotcha vadatam varo (sect. VII, 2), « le plus éloquent des hommes appela » alors *Sakra* qui se tenait auprès de lui. »

Râdjatheram avotcha so (sect. XV, 19), « il appela » le chef des rois. »

Il faut peut-être aussi rapprocher de ce thème le mot *nikkhamma*, de la racine *kram*, qui, dans l'exemple suivant, ne doit être considéré que comme un aoriste.

Tam khanam yeva bîdjamhâ tamhâ nikkhamma ankouro (sect. XV, 43), « à ce moment, de cette racine » sortit un rejeton. »

Cependant la racine *kram* fait *kami* à l'aoriste, au moins dans ces phrases : *Niddâyitoum oupakkami* (fol. 105 v°), « il essaya de dormir. » *Assavegena pakkami* (sect. XXII, 54), « il alla de toute la vitesse » de son cheval. »

Enfin il est impossible de méconnaître l'existence de l'imparfait pali dans le verbe suivant : *abravî*, *abravoum*, de *broû*, parler. Il est encore d'autres formes que l'on serait embarrassé de rapporter à tel ou tel tems, si l'on n'était éclairé par une particularité de la désinence plurielle. Ainsi *vasi* et *vasimsou*, de *vas*, habiter. *Vasimsou samanâ bahoû* (sect. X, 95), « beau- » coup de Samanéens habitaient. » Ainsi *nipatimsou*, de *pat*, tomber.

Vassânam doutiye mâse doutiye divase pana
Routchire mandape tasmim therâ sannipatimsou te

(sect. III, 25), « le second mois de chaque année, et » le deuxième jour du mois, les chefs se réunissaient » sous ce dôme brillant. »

Ainsi *poûdjayimsou*, de *poûdj*. *Gandhamâlâdi-poûdjâhi poûdjayimsou samantato* (sect. XIX, 48). « ils lui faisaient hommage de guirlandes de fleurs. »

On peut citer encore *asakkimsou*, de *shak*, pouvoir. On voit que ce qui distingue ces formes des précédentes, c'est le déplacement du *m* final de la désinence *isoum*. Cette particularité suffit donc pour les faire rapporter, *à priori*, à un autre tems que le parfait ou aoriste. Or cette conjecture se change en certitude, puisqu'on rencontre des verbes avec des terminaisons pareilles à celles que nous venons d'indiquer, dont les radicaux portent tel ou tel signe qui empêche d'y voir un aoriste : des exemples éclairciront ceci. Il est des racines samscrites (*drish*, voir ; *sad*, s'affaisser ; *gam*, aller, sont de ce nombre) qui empruntent leurs quatre premiers tems de radicaux étrangers, comme *pasy*, *sîd* et *gatchtchh*. Maintenant si ce sont ces radicaux, et non *drish* et *sad*, qui portent la désinence *imsou*, il y a lieu de croire que ce sont des imparfaits, puisque les racines empruntées ne sortent pas des quatre premiers tems dont l'imparfait fait partie. Il faut nous accorder toutes fois que dans cette partie de la grammaire, le pali suit exactement l'analogie du samscrit, conjecture qu'autorisent les rapports bien connus de ces deux langues. S'il en est ainsi, *nisîdi* est l'imparfait de *sad* dans l'exemple suivant :

Nisîdi thero ânando attano thapitâsane (sect. III, 28), « le chef *Ananda* s'asseyait sur le siége qui lui » était destiné. »

Asanesou nisîdimsou arahanto yathâ raham (section III, 26), « ils s'asseyaient sur leurs siéges après » (lui) avoir rendu les honneurs convenables. »

Tam soutvâna pasîdimsou nâgarâ te samâgatâ (sect. XIV, 64), « les citoyens réunis s'asseyaient après » l'avoir entendu. »

De même le mot *passi*, donné comme un aoriste par les auteurs de l'*Essai*, doit être considéré comme l'imparfait de *pasy*, et formé très-régulièrement par le changement du *y* en *s*, et l'addition de *i* (*Essai*, p. 93). Conformément aux exemples précédens, la troisième personne du pluriel est *passimsou* (section XI, 38).

Agatchtchhoum est aussi un imparfait de la racine *gatchtchh*, qui prête ses quatre premiers tems au radical *gam*. Ainsi :

Mahâmahindo thero tcha samghamittâ tcha bhikkhounî

Tatthâgatchtchhoum saparisâ râdjâ saparisopi tcha (sect. XIX, 52). « Le chef *Mahâmahinda* et la pé» nitente *Samghamittâ* y vinrent avec l'assemblée, » ainsi que le roi. »

Nous ferons seulement remarquer que la terminaison *oum* diffère de la désinence *imsou*, qui caractérise les verbes précédemment cités, ce qui ferait croire que cette dernière n'est pas seule affectée à l'imparfait. La racine *gatchtchh* a d'ailleurs une autre forme qui rentre exactement dans les précédentes ; c'est *âgatchtchhimsou : tassa kammam kittayantâ âgatchtchhimsou* (sect. XXIII, 43), « ils vinrent racontant » son action. »

En outre il est des racines qui reçoivent, dans les quatre premiers tems, l'addition de certaines lettres, une nazale, par exemple; *sitch*, asperger, est de ce nombre. Il doit s'ensuivre que dans la phrase *samabhisintchimsou radjdje* (s. IV, 6), « ils sacraient roi; » on a un imparfait, dont le singulier se trouve dans la phrase : *Abhisintchimahâbodhim mahâradjdjena mahîpatî* (s. XVIII, 36), « le maître de la terre investit » *Mahâbodhi* d'une grande royauté. » Le mot *abhoundjimsou* est encore au même tems dans les phrases suivantes : *Pâyâsam tam abhoundjimsou* (s. XXII, 77), « ils mangeaient ce composé de lait. » *Amatam viyabhoundjimsou* (s. XXII, 82), « ils mangeaient l'ambroi- » sie. » *Mannimsou*, « ils pensaient ; » dans cette phrase: *devatâ iti mannimsou* (sect. XV, 101), « ils pensaient, » voilà les dieux, » est un imparfait de la racine *man*, qui insère un *y* aux quatre premiers tems. Le *y* précédé de *n* se change en *n* (palatal), et cette lettre se redouble suivant l'usage du pali (*Essai*, p. 94). Si donc la désinence *imsou* est la caractéristique de quelques imparfaits, *otarimsou* rapproché de *otari* et *otaroum*, cités plus haut, en doit être un. Il en faut peut-être dire autant de *akamsou*, dans la phrase, *akamsou râdjasangaham* (s. XVI, 17), « ils faisaient une réunion » des rois. » Mais je n'en connais pas le singulier. Enfin, que l'on considère les verbes précédemment cités pour des imparfaits ou des aoristes, il semble toujours qu'on peut expliquer la désinence *imsou* par *isoum*, dont la nazale labiale a été déplacée, conformément au génie du pali, qui de *asmim* fait, après le retranchement du *m* final, *amhi*, qui est lui-même pour *amsi*.

On a vu plus haut que les formes *poutchtchhi* et *apoutchtchhi* ne différaient l'une de l'autre que par la suppression de l'augment, d'où on serait tenté de conclure (si ces deux formes sont identiques) que l'emploi de ce signe est arbitraire en pali. Un exemple du même verbe dans le même sloka, avec et sans augment, confirme cette conjecture.

So tchatouttimsa vassâni râdjâ râdjam akârayi
Tassa poutto bindousâro atthavîsati kârayi (sect. V, 15), « ce roi régna trente-quatre ans, et son » fils *Bindousâra* en régna vingt-huit. »

Je ne pense pas qu'on puisse dire que l'augment est ici supprimé à cause de la voyelle finale du mot précédent. Le verbe *akârayi* le porte en effet dans ce vers (sect. XIX, 81) :

Devânam piyatisso so mahârâdjâ akârayi.
« Le grand roi *Devânampiyatissa* fit ainsi (1). »

---

(1) Telle est la véritable orthographe du nom du roi appelé dans l'extrait du *Radjavali* (Annals of oriental literature), *Deveny-paetissa*. C'est au règne de ce prince, qui vivait au commencement du IVe siècle avant notre ère, que se rattachent quelques-uns des événemens les plus remarquables de l'histoire singalaise, comme l'introduction du Bouddhisme, l'invention de l'écriture, la rédaction des livres religieux. Les auteurs de l'*Essai*, appuyés de la chronique singalaise, ont essayé (p. 46 sqq.) de faire ressortir l'importance de ces faits ; mais ils n'ont pu donner l'orthographe ni le sens du nom de ce roi. Il me semble signifier *le prêtre chéri des dieux* (*devânam piyatissa*). Ce qu'il y a de singulier c'est que ce nom propre est composé de deux mots, dont l'un *devânam* est au génitif régi par *piyatissa* (*pryatissa*), mot composé lui-même. Ces idées exprimées ainsi le seraient également, et

De même l'augment se trouve dans le verbe *apoutchtchhi*, même lorsque le mot précédent est terminé par une voyelle. Voyez les exemples cités plus haut (sect. XV, 26; XVIII, 25). Lorsque le mot précédent a pour finale une consonne, il n'est pas étonnant que l'augment subsiste, comme dans l'exemple *dhâtoupoûdjam akârayi* (fol. 242 r°), « il fit adoration aux os (de Bouddha). »

Nous terminerons ces observations succinctes par quelques remarques sur le participe indéclinable en *tvâ* et en *ya*. On sait qu'en samscrit *tvâ* est la terminaison de ces participes, quand le verbe n'est pas pré-

---

d'une manière plus conforme aux lois de la composition, si les élémens composans étaient au radical sans terminaison. Cette singularité m'a long-tems fait douter qu'il fallût prendre cette périphrase pour un nom propre; mais l'accord remarquable du *Mahâvamsa* et du *Radjavali* sur les évènemens arrivés sous le règne du personnage qui en est revêtu, ce fait que *Mahâmahinda*, celui qui convertit Ceylan au Bouddhisme, est son contemporain d'après l'un et l'autre ouvrage; enfin l'omophonie de *Deveny-paetissa* avec *Devânam-piyatissa*, m'ont décidé à considérer ces trois mots comme le nom d'un des rois les plus célèbres de Ceylan. Il y a en outre deux slokas, sect. XX, 26, qui seraient à peine intelligibles si on n'adoptait pas cette opinion :

iti etâni kammâni lankâdjanahitatthiko
devânam piyatisso so lankindo pougna pagnavâ
pathame yeva vassamhi kârapesi gounappiyo
yâvadjîvan tounekâni pougnakammâni âtchinî.

« Le roi de Ceylan *Devânam piyatissa*, doué de pureté et de science, désireux de faire le bien des habitans de Ceylan, fit ces actes la première année, et tant qu'il vécut il accumula les actes de vertu. »

Je dois avertir que je ne rends pas l'épithète *gounappiyo*, sans doute en samscrit *gounapriya*, *chéri* ou *ami des qualités*, dont je ne saisis pas le sens.

cédé d'une préposition, et *ya* quand il l'est. Les auteurs de l'*Essai* ont constaté qu'en pali cette règle était méconnue, et que la désinence *tvâ* s'attachait au verbe, qu'il fût ou non précédé d'une préposition (*Essai*, p. 129). D'autre part, comme ils n'avaient trouvé qu'un exemple de la terminaison en *ya*, ils ont été induits à dire qu'elle paraissait d'un rare usage. La lecture de quelques parties du *Mahâvamsa* m'a fourni un certain nombre de verbes, précédés d'une préposition et terminés en *ya*, comme en samscrit. Ainsi on lit, fol. 240, v°.

Kenopâyena ânetoum sakkomîti vitchintiya; « ayant » pensé ainsi : par quel moyen pourrai-je l'amener? »

Yânam ârouyha bhitiyâ (fol. 240 r°), « étant monté » sur son char par crainte. » *Sangham nimantiya* (sect. V, 75), « ayant convoqué l'assemblée. »

On trouve encore *patitthâpiya*, « ayant placé debout; » *parisodhiya*, ayant purifié; *samâdhiya*, ayant reçu; *pasîdiya*, s'étant assis; *alamkâriya*, ayant orné; *samanousâsiya*, ayant ordonné; *pabhoundjiya*, ayant mangé. Il n'est même pas rare de voir l'une et l'autre désinence affectée au même verbe, avec ou sans préposition. Ainsi, on rencontre *nisiditvâ* (I, 18) et *nisidiya* (I, 36), *patitthâpiya* et *patitthâpetvâ*, fol. 241. Enfin le pali est si irrégulier dans l'emploi de ces désinences, qu'il donne la terminaison *ya* même à des verbes qui ne sont précédés d'aucune préposition. Ainsi on trouve *kâriya* (fol. 242, v°), ayant fait, et *tchintiya* (sect. XI, 25), ayant pensé; *likhâpiya* (section XV, 225), ayant fait lire; *vandiya*, ayant fait hommage, *bhâsiya*, ayant parlé (XVI, 8). Mais il y a lieu de croire que cette dernière forme est la plus rare.

J'ajoute à ces observations une planche contenant l'alphabet pali (n° I.), destinée à compléter celui qu'ont donné les auteurs de l'*Essai* (n° II.). Cet alphabet est emprunté à un manuscrit sur olles, faisant partie de ceux que M. Abel Rémusat vient d'acquérir pour la Bibliothèque du Roi. Il porte pour titre *Singalese and Malabar alphabet ;* mais la comparaison de notre planche avec la seconde de l'*Essai* suffit pour démontrer l'inexactitude de cet énoncé. L'alphabet nouveau contient une consonne qui manquait à celui de l'*Essai*, le *d* cérébral que les auteurs n'avaient pas trouvé dans les textes. On remarquera une différence dans la forme du *th* cérébral de ma planche, et de celle de l'*Essai*. Je crois que l'inexactitude est du côté de la première ; la forme qu'elle donne est celle du groupe *tth* cérébral, tel que l'ont figuré les auteurs de l'*Essai* d'après les textes. Notre planche contient en outre une addition nécessaire aux voyelles, celle de l'*î* long et de l'*oú* long. Les auteurs de l'*Essai* avaient déjà fait observer, qu'encore bien qu'ils n'eussent pas trouvé ces lettres dans les textes, ce n'était pas une raison pour qu'elles n'existassent pas. J'ai trouvé en effet le mot *îdisa semblable*. Quant à l'*æ* et à l'*ao* donné dans la nouvelle planche, j'ai tout lieu de croire que c'est un emprunt fait à l'alphabet siamois, avec lequel le pali a tant de rapports.

L'*Essai* a démontré en effet, d'une manière qui semble convaincante, que les lettres *æ* et *ao* du samscrit étaient remplacées en pali, dans tous les cas, par *e* et *o*. Nous ne dirons rien de la forme des lettres; elles sont beaucoup moins élégantes que celles qui sont figurées dans l'*Essai*, mais j'ai dû me conformer au modèle que m'offrait le manuscrit. Je profiterai de cette occasion pour corriger, dans la planche II de cet ouvrage, la lettre *ya*, à laquelle a été ajouté, par erreur, un trait de plus qui désigne l'*á* long. Il y a au reste quelques exemplaires qui ne portent pas cette faute.

L'alphabet de notre manuscrit est accompagné d'un syllabaire singalais (n° II); j'ai profité de cette conférence, 1° pour me fixer sur la signification de quelques groupes du singalais, caractère tout à fait nécessaire à connaître, quand on veut étudier le pali dans les manuscrits venus de Ceylan, 2° pour publier cet alphabet et ces groupes. On ne le connaît jusqu'ici que par Reland (*Dissert miscell.*), qui n'a pas donné les groupes; par Cordiner (*Voyage à Ceylan*), et par Chater (*Singalese Grammar*); mais ce dernier ouvrage est trop rare sur le continent, pour que la publication d'un alphabet singalais complet ne soit pas de quelqu'utilité : d'ailleurs, les formes en sont d'une grande exactitude, et les signes caractéristiques de chaque lettre y paraissent nettement.

FIN.

N.° 1. Alphabet Pali. — N.° 2. Alphabet Singalais.

a â i î ou oû u â i î ou oû ṛi ṛî

e æ o ao am ah lṛi lṛî e æ o ao âm̃ ah

ka kha ga gha nga ka kha ga gha nga

tcha tchha dja djha ña tcha tchha dja djha ñu

ṭa ṭha ḍa ḍha ṇa ṭa ṭha ḍa ḍha ṇa

ta tha da dha na ta tha da dha na

pa pha ba bha ma pa pha bu bha ma

ya ra la va ya ra la va

sa ha sha cha sa ha lla

kâ ki kî kou koû ke kâ ki kî kou koû kṛi kṛi klri

kka ko kao kam kah kkhi ke kæ ko kao kâm kah kcha pra

tto ggha tva ddhâ ssa ḷa dva bba mba yyi nva ddha dhva ghṇa

Imp. Litho. de M.lle Formentin.

www.ingramcontent.com/pod-product-compliance
Ingram Content Group UK Ltd.
Pitfield, Milton Keynes, MK11 3LW, UK
UKHW020224200726
13856UKWH00004B/1608

9 782013 049894